à Paul Celan

— au cœur des présences —

le poème qu'il hante

DÉCIMALE BLANCHE

très respectueusement

Jean Daive

JEAN DAIVE

Décimale blanche

POÈME

MERCURE DE FRANCE
MCMLXVII

© MERCURE DE FRANCE, 1967.

décimale blanche

au bord de l'espace

j'ai erré
entre refus et insistance
regardant par la terre

neiger
le nom défaire la forme
la fonte l'avalanche
 refaire l'absence

abgetrennt
für immer erscheinend
entdeckt

séparé
   à jamais   apparent   découvert

(franchi)   *überschritten*

poreux   *porös*

dans le silence   *im Schweigen,*
dans la maladie   *im Kranksein,*

   et possédant le don du souffle
      le don de guérison

   tandis que je longeais l'heure
      pour remonter vers l'attribut

im Besitz der Gabe des Atmens,
der Gabe des Heilens,
indem ich die Stunde entlangging,
auf sie zu,
dem Attribut zu.

(l'initié
dans la séparation
repense tous les savoirs

le mort
s'enfonce dans l'anéantissement
dans le cercle de toutes les attitudes
et cherche à éloigner
l'état d'inachèvement

nichts als mein ~~~~ körper
und was nicht
mein sturz ist und dessen bewegung

konkrete

rien que mon corps
et ce qui est extérieur
au mouvement physique de ma chute

    les faisceaux du vide
divisant les séjours les foyers les globes

    le labyrinthe
d'une attitude inachevée
est le fil de tous les labyrinthes

      sa transfiguration
            à l'intérieur de la mort)

die nichts jenseits
die Bündel der leere
teilend die orte, ... brennpunkte
globen,

das labyrinth
eines nichtvollendeten
ist der faden aller
labyrinthe,

dessen verklärung
... im tod).

silencieuse comme l'étreinte

la voix pivotale

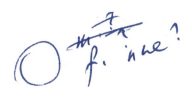

où un de l'ombre se prononce C.

maintenant
l'heure efface la fable mortelle

wo Einer-vom-Dunkel sich
ausspricht: C.,

jetzt
tilgt die Stunde die tödliche Fabel.

la vieille femme au loin lança ma voix

déterre dit-elle
déterre

        il neige
              au-dessous du bol
                    neige corps du sommet

la vieille femme est quatre fois

die Alte ~~weitab~~ warf meine Stimme,

grab aus, sprach sie,
grab aus,

      es schneit
      unter der Schale
      Schnee, Körper des Gipfel

die Alte ist viermal

la race attendait un de l'ombre
et voulait l'appeler C.

un de un apparut
et C. fut son nom

Das Geschlecht
wartete
auf Einen-vom-Dunkel
und wollte ihn nennen:
C.,

Einer-vom-Einen erschien,
und C. ward sein Name.

je fus soudain ce feu en avant d'elle
déjà la race
au delà de la cendre
à genoux dans le froid

Mit einemmal war ich das Feuer,
da ihr vorauslag,

Geschlecht schon, schlug
jenseits der Asche,
hingekniet in den Frost

je marche pour me commencer

éclairé d'en bas à travers la mort
fus-je jamais blancheur

j'ai entendu pleurer dans la race voisine
                              j'entends

déterre déterre

j'entends l'homme
dans sa solitude
se raconter des histoires de dragons

*Ich habe weinen gehört im Nachbargeblüt,
ich höre:
grab aus, grab aus,
ich höre den Menschen,
wie er
in seiner Einsamkeit sich
Drachengeschichten erzählt*

elle dit
le blanc n'est pas la division de quatre gris par
zéro mais la division de leurs décimales par zéro

*sie sagt:
weiß ist nicht die Teilung
vier grau durch null,
sondern ihrer Dezimalen
Teilung durch null.*

         l'heure se couvre
et je vibre à travers la flamme

le ból est vide
où elle but avec la race

il est dit que la transparence vient du haut
la sienne venait du sel

   apparut
à la lumière des quatre décimales du nom

   vu appelé malgré

puis
le bleu le bleu et la descente dans la spirale du nom
par le contrepoids du cri

j'ai appelé j'ai appelé C.
oh l'alternance du bleu et du blanc dans l'heure

puis

au sortir de l'absence
comme un éclat de rire niant l'étreinte
la vieille femme

      qui est deux fois C. une fois moi une fois

Mutter

mère

mère mère et moi

Mutter Mutter und ich

Allein,
eingenichtet in sich,
zu,
wie er der Augenblick,
wie er sich
~~beim Kopf~~ zusah bei seinem
 Vorüber,

seul
nul en lui-même
clos

il fut l'instant
il fut qui se regarde passer

insecte blanc posé dans la mort

weißes Insekt, in den Tod
getan.

et l'instant est l'eau surprise entre l'écluse et l'arche

Entfernung, Umarmung: von beiden viel, die Schale, weiss sie, und auss woûe :

~~und~~ *immense*

oberhalb der *der Schnee*

des distances des étreintes

    rien que le bol
et de nouveau

     immense
      la neige
au-dessus de la soif ouvrant sur le mythe

sich zum Mythos hin öffenden Durst.

*Am Anfang
war ich viermal,*

*dann begrub ich mein Glied,
zu leben im
Kristall.*

      au commencement
      je fus quatre fois

      puis j'enterrai mon sexe
      pour vivre dans le cristal

elle disparut
à la faveur de la neige
pour tenir lieu de fond au vide

qui incarne son nom devient décimale
dit-elle

elle dit
j'ai cherché le nom dont la chaîne parlée
ordonne le monde
anime les forces les silences la parole
et possède la blancheur
du refus et de l'insistance

je l'ai entendue pleurer dans sa race

Keiner weiß, ~~was sie~~ *was sie noch gefangen nimmt,*
wenn sie ihm folgt, ihn überholt,
Mag das Meer grün sein, fleißig
da's uns ja nicht mehr weh tut,
sagt sie, *das Blau,*

nul ne sait à quoi elle cède
lorsqu'elle le suit et qu'elle le dépasse

il n'importe plus que la mer soit verte
puisque le bleu ne nous fait plus mal
dit-elle

(elle est le bleu en plus de la mer)

(sie ist das Blau, das hinzutrat
zum Meer)

31

elle est l'hiver
      blanc
      le point noir de l'orage
      au bas de l'horizon

(pourtant la neige ne la fit pas blanche)

elle est au cœur de l'éternel
      la blancheur de l'instant

écart ô voûte
quelle science obscure de l'avertie
ne détienne celle de l'étonnée
dans le trajet d'une ligne

quel lieu la perd
quel point la retrouve

ô ligne
quel écart reconnaît son angle
quel cri fait l'abîme dans la voix

elle appelle elle appelle elle repose

maintenant que le cri a dépensé la voix la parole

Du Linie,
welcher Abstand erkennt seinen Winkel,
welcher Schrei
~~reißt den~~ ~~tut~~ den Abgrund auf in der
 Stimme,
sie ruft, sie ruft, sie recht,
jetzt, da der Schrei
verausgabt hat Stimme, Rede

[handwritten German draft]

elle passe très haut dans le ciel
et m'en révèle les bords le bleu la tache

elle est ce qui semble ne jamais finir

bleu le visage
mais passant très loin derrière
l'eau des yeux

elle parle elle ment elle se simplifie

[handwritten German draft]

écart d'aucune aire
image d'aucune figure
elle entre dans le silence
couvre le polygone de mort

Keinerlei Fläche Entfernung,
keiner Figur
Bild:
sie geht ein ins Schweigen,
bedeckt das Todes
Vieleck

*sie wacht im [?] der Linie,
und die Runzel
ist ihres Angesichts Wohnstatt*

elle veille dans l'attitude de la ligne
et la ride est le séjour de son visage

pouvoir de la première division

de la motte de terre
annonçant l'entrée de l'initié dans la mort

formule des présences
formule physique des commencements

l'initiale
ouvre le livre la poursuite du labyrinthe
le supplice
des gestes des mots des attitudes
dénonçant la transformante proportion
de l'ombre dans son ombre

la matière rouge de son espace

lames de la terre transparente
hauteurs
crépusculaires
que les négations souterraines
dédoublent
      et l'œil qui se tient dans la poussière

passé
inépuisablement
au bord du visible

blanc
d'une lumière
sans foyer sans objet

ga Atem folgt
auf einander Differenzen,
vergeistigt wie der Raum,
au dessen Horizont,
den zerrissenen

le souffle succédant à la mémoire des différences
l'espace devient mental
bandeau
sur son horizon
déchiré
à l'intérieur
du gouffre dans l'abîme

et je laisse mon regard sur son regard
derrière son visage
après ce monde

le vide
le vide
le vide abstrait me précède dans la mort

im Innern
des schlicht Tief im Abgrund,
und ich laß meinen Blick auf dem
ihren
hinter ihrem sich,
ihren
nach dieser Welt:
die Leere,
die Leere,
die abstrakte Leere geht mir voraus
mit hinein in den Tod

nah, möglich,
etwas, ein Zeichen,
wie ein
ein Speichel, sehr weiß,

proche possible
quelque chose un signe
comme un (énoncé)
une salive très blanche

l'apparence simple
   malgré la matière du nom
au sortir du silence
   du froid

ein Ausdruck, einfach,
   trotz der Namensmaterie,
am Ausgang des Schweigens,
      der Kälte.

In ihres Endes Betrachtung verloren,
hebt die Verneinung
sich ab von sich selbst,

        perdue dans la contemplation de sa fin
        la négation se détache d'elle-même

        et commencement dans le commencement
        l'eau qui la rêve
        et la dispose dans le dédale de l'invisible
        cherche la lisse perfection de la mer

        sur les sols (les séjours)
        qu'un obscur appareil inonde
        glisse un linge d'eau
        qui métamorphose le savoir
        en loque (élémentale)

und, Beginn im Beginn,
sondert sie die Traummonde Wassers,
das sie in den Haseltturen
Übergang einordnende,
die glatte Vollendung des Meers,
über die Böden — die
Aufenthalte —,
vom Dunkelwerk überflutet,
gleitet ein Wasserlaken
das verwandelt das Wissen
in ~~Grundfetzen~~ Grundstoff-Fetzen

au bas de l'escalier
où la spirale dure un moment
hésite
étourdit la marche

il est l'instant
effrayant de blancheur

que l'heure jamais ne reprend

l'heure décrit un cercle dans l'espace

et l'espace à l'intérieur commence
d'autres cercles plus larges
d'autres heures plus longues

die Stunde beschreibt im Raum einen Kreis

der Raum in Innern beginnt
weitere breitere Kreise
weitere längere Stunden

nulle ressemblance ne renvoie vers soi ni vers dieu
nulle image
nul silence

seulement le dernier instruit les sphères
et contient tout commencement

*keinerlei Ähnlichkeit
verweist auf sich noch auf Gott,
keinerlei Bild,
keinerlei Schweigen,*

*Der letzte einzig
belehrt die Sphären,
enthält
allen Anfang*

il substitue l'espace à un meuble
qui contient toute la lumière
il en ouvre les tiroirs infinis
les habite
les ferme
et monte monte
jusqu'à la chambre close
où le ciel cherche ses astres
et la lune ses marées

il regarde
l'attelage perdu dans les terres
prolonger la neige
les sillons
les rayons noirs du soleil

les choses les êtres courir vers un même point blanc

il regarde
l'univers immobiliser une phrase
(elle en est l'algèbre lui les lettres)
que le silence épelle simplifie
que la voix dénonce répète

répète
puisque les sommes simples donnent la surface
et les sommes doubles le mouvement

quatre est l'attribut de C.

autrefois
quand le rire portait l'étreinte
quand le bleu désolait l'ardoise et la mer

il remontait la colline
il remontait l'avalanche
où se mêlent les sommets

avec sa voix d'insecte
et son visage de grand large

le geste illimité
l'écharpe serrée

le peigne est le dernier degré du geste
et je suis ce qui tombe
ce qui s'ajoute et ne s'ajoute plus
lieu du séjour et lieu du savoir

nommé
et aussitôt malgré moi
ressenti

dans le contre-jour de la mort

[handwritten:] Ich erhebe mich, an der Ähnlichkeit Tiefe, am Rätselrand,

je me lève du fond de ma ressemblance
à la limite de l'énigme

soir après soir
j'ai disparu je disparais *[handwritten:] abend um abend, entschwand ich, entschwinde ich,*

elle s'éblouit
elle tombe dans le tissu du froid

[handwritten:] sie, die Geblendete, fällt dem Frostgewebe anheim,

parfois le retour
(est-ce la hâte)
soulage l'attardé

                        qui retarde au milieu de lui-même
la parole
pour figurer l'absence

le fil

tandis qu'il divulgue la fable de vie

parmi la trame imaginaire

l'autre révèle
le tisserand éternel

arc immense au-dessus de la mer
lorsque le dos plie
ou que le geste soulève l'avalanche
lorsque l'épaule cède

Bogen, immens, überm Meer,
wenn der Rücken sich beugt
oder die geste
~~hoch~~ hebt die Lawine,
wenn
die Schulter nachgibt,

*sie las
etwas über den Quantensprung,
sie las,
            nicht wissend,
daß sie vollendet was Lampe
                            und Fenster
beginnen,*

elle lisait quelque chose sur le saut quantique
elle lisait
          sans savoir
qu'elle achève ce que la lampe et la fenêtre commencent

parmi les trois lueurs
inmitten der dreifachen Schimmer

pure lampe de nul livre
reine Lampe, von keines Buch.

loin
comme sembler

la voix blanche
quelle ligne contrainte pensive
allusive à ce qui n'est plus le toit le couloir

très pure

l'arbre efface l'eau et s'y recommence

j'entre et sors
et cherche ce qui s'ouvre et se referme

*Ich ein und ich aus,
ich such, was sich auftu[t]
[und] sich ershließt,*

*ich sah, es war Abend, verschwinden
den letzten Schimmer, den letzten
Abend,
wo das Licht sich fortspann /
hinaus
über sich,*

je vis s'évanouir sous le vent
la dernière lueur le dernier soir
dans le prolongement de la lumière

alors l'aile fut plus lente
et l'angle plus large

en travers du ciel
la tache déplia l'arbre l'eau

de l'autre côté
nulle feuille

*da wurde der Flügel langsam,
der Winkel weiter,*

*der Fleck, jäh (aufsteigend), über dem Himmel,
entfaltete Baum und Born,*

*Mitten: Kein Blatt,
keins.*

rêvant la lente géométrie
de la dalle et de l'ardoise

tel théorème
à la découverte de ce qui est le toit le couloir

elle parle elle renouvelle ses précipices

sie spricht, sie erneuert ihre abgründe alle.

elle dit
absente
elle était l'une des trois lueurs
à ne demeurer malgré le froid
éloignée de la fenêtre et de la lampe

sie sagte?

elle dit
elle hanta ce que l'absence ne contient plus
la lueur
que lui étreignit avant elle
elle en éprouva un instant la douleur inconnue
d'innocenter la lampe et la fenêtre

sie sagt,
was die Abwesenheit nicht mehr
enthält: darin haust sie,
der Schimmer,
~~den er vor ihr umfaßte~~
den von ihm
vor ihr Umschlagenen, von
kam ihr, einen Augenblick lang,
den Schmerz nie gekannt,
die ~~Lampe~~ beide den Creme lang,
alles sich's:
beide, Lampe und Fenster

De cet ouvrage,
achevé d'imprimer le 24 octobre 1967
par l'Imprimerie Firmin-Didot
Paris - Mesnil - Ivry,
il a été tiré, sur vélin pur fil Lafuma
des Papeteries Navarre,
dix exemplaires numérotés de 1 à 10
et quelques exemplaires
hors commerce
marqués H.C.

Dépôt légal : 4ᵉ trimestre 1967. — 6834

Bildtitel
überall am
untern Seitenrand!

Jedes Gedicht
in der Mitte
der Seite

Der Suhrkamp Verlag Frankfurt am Main
legt diese Faksimileausgabe einmalig
in fünfhundert numerierten Exemplaren vor.

Der Druck erfolgt mit freundlicher Genehmigung
von Gisèle Celan-Lestrange
und des Verlages Mercure de France.
© für die deutsche Übertragung
Suhrkamp Verlag Frankfurt am Main 1977.
Alle Rechte vorbehalten. Die Reproduktion und
den Druck besorgte die Firma Paul Robert Wilk,
Seulberg im Taunus.

Dieses Exemplar trägt die Nummer

316

JEAN DAIVE
Décimale blanche
Übertragung von Paul Celan
Transkription der Handschrift

Suhrkamp

© für diesen Kommentarband
Suhrkamp Verlag Frankfurt am Main 1977.
Alle Rechte vorbehalten.
Printed in Germany.

VORBEMERKUNG

Das Gedicht »Décimale blanche« von Jean Daive hat Paul Celan in den letzten Monaten seines Lebens ins Deutsche übertragen. Er hat seine Version auf den spatiös gedruckten Seiten der französischen Buchausgabe festgehalten. Zur Herstellung einer eigentlichen Druckvorlage ist es nicht mehr gekommen. Die definitive Konstitution des zu edierenden Textes muß der historisch-kritischen Celan-Ausgabe vorbehalten bleiben. Inzwischen wird das Handexemplar Celans in einer Faksimile-Wiedergabe vorgelegt, die einen unmittelbaren Einblick in seine Arbeitsweise als Übersetzer gewährt.
Die hier gebotene Transkription der Handschrift will nur Lesehilfen bereitstellen. Sie verfolgt nicht die Darstellung der Textgenese im historisch-kritischen Sinn. Faksimile und Transkription sind zusammen zu lesen; ohne den Bezug auf das Faksimile bliebe die Transkription undeutlich.
Die Umschrift versucht immerhin, Textveränderungen im Entwurfzusammenhang lesbar darzustellen. In eckigen Klammern steht der in der Handschrift getilgte oder veränderte Text. Varianten sind in der mutmaßlichen Abfolge der Textersetzung nebeneinander angeordnet. Ist in der Handschrift nur ein Teil eines Wortes verändert, erscheint das ganze Wort in Klammern, dahinter folgt das Wort in der neuen Version. Nachträgliche Texteinfügungen sind nicht als solche gekennzeichnet.
Nicht eindeutig lesbare Ansätze wurden in der Umschrift ebensowenig berücksichtigt wie die Notizen zu grammatischen Problemen der Übersetzung. Einige wenige Schreibversehen Celans sind nicht verbessert.
Maßgebend für die Zeilen- und Strophenanordnung ist die Handschrift, wenn sie deutlich von der französischen Vorlage abweicht. In Zweifelsfällen richtet sich die Umschrift nach dem französischen Text.

Nicht zu entscheiden ist in manchen Fällen, ob die Handschrift am Beginn einer neuen Seite mit Groß- oder Kleinschreibung einsetzt. Die Transkription bietet in allen nicht eindeutig entscheidbaren Fällen Großschreibung, da Celan den Text jeder Seite zunächst als e i n Gedicht verstand (vgl. die Übersetzeranmerkungen »*ein* Gedicht« S. 10/11 und S. 48/49 sowie die Bemerkungen am Schluß des Faksimiles). In der Mehrzahl der entscheidbaren Fälle weist die Handschrift am Seitenbeginn Großschreibung auf; die Herstellung eines mehrere Seiten umfassenden Textzusammenhangs ist nur in Ansätzen ausgeführt. An einigen Stellen, besonders bei den Wörtern »er/es« und »der/des«, bleibt die Entscheidung für die Lesung »r« oder »s« unsicher. Auch dies wird dem Benutzer nicht eigens signalisiert. Er ist aufgefordert, anhand des Faksimiles und im Vergleich mit dem französischen Text die Lesevorschläge der Umschrift kritisch zu prüfen. Zum Beispiel wäre S. 33, Z. 3 nach dem französischen Text eigentlich »der Gewarnten« zu lesen; wegen des späteren, von Celan möglicherweise ohne erneute Konsultation des Grundtextes vorgenommenen Relativanschlusses wurde jedoch die Lesung »des Gewarnten« gewählt, weil nur sie einen syntaktisch korrekten Zusammenhang ergibt.
Ein Vorabdruck einzelner Partien von »Décimale blanche« erschien in der Zeitschrift »L'Éphémère« (No. 2, Paris 1967), an deren Redaktion Celan später (zusammen mit Yves Bonnefoy, André du Bouchet, Jacques Dupin, Michel Leiris u. a.) mitgewirkt hat.
Fünf Gedichte Jean Daives in der Übertragung Celans sind in der Neuen Zürcher Zeitung vom 14. Dezember 1969 erschienen. Jean Daive hat seinerseits Gedichte Paul Celans ins Französische übertragen (vgl. besonders den Auswahlband: Paul Celan, Strette; Paris, 1971; ferner die Zeitschriften: fragment (No. 1, Paris 1970; direction: Jean Daive) und Études Germaniques 25 (Paris 1970), No. 3). *Rolf Bücher*

Von Jean Daive, geb. 1941, sind außerdem erschienen:

Devant la loi. Paris, 1970.
Monde à quatre verbes. Montpellier, Fata Morgana, 1970.
Le Palais de quatre heures. Vaduz, Brunidor, 1971.
Fut bâti. Paris, Gallimard, 1973.
«1 7 10 16. Paris, Le Collet de buffle, 1974.
L'Absolu reptilien. Paris, Orange Export Ltd, 1975.
«/». Paris, Maeght éditeur, 1975.
n, m, u. Paris, Orange Export Ltd, 1975.
1, 2, de la série non aperçue. Paris, Textes/Flammarion, 1976.
Le jeu des séries scéniques. Paris, Textes/Flammarion, 1976.

Weiße Dezimale

am Rand des Raums

[ich irrte umher
zwischen Absage und
           Beharren
           Beständigkeit]

Ich irrte umher
zwischen Weigerung und Beharren,
zusehend, [erdhin,] erdhindurch,

wie's schneite,
wie der Name
auseinandernahm die Gestalt,
wie die Schmelze, wie die Lawine
wiederherstellte die
           Abwesenheit.

Abgetrennt
    für immer   erscheinend   entdeckt

überschritten

porös

im Schweigen,
[in der] im Kranksein,

im Besitz
    der Gabe des Atmens,
    der Gabe des Heilens,

derweil ich der Stunde entlangging, aufwärts,
dem Attribut zu.

(Der Initiierte, [im]
[abgetrennt,] im Getrenntsein,
überdenkt
alles Wissen,

der Tote, tiefer und tiefer
gerät er in die Vernichtung,
in aller Haltungen Kreis,
er will es entfernen:
das Nichtvollendetsein.

Nichts als mein [Leib] Körper
und was nicht
mein Sturz ist und dessen konkrete Bewegung,

   die [Bündel der] mehrfach gebündelte Leere,
teilend die Orte, [Wohnstätten,] Brennpunkte Globen,

   das Labyrinth
eines Nichtvollendens
ist der Faden aller
Labyrinthe,

        dessen Verklärung
          drin im Tod).

Umarmungsstill

die Pflockstimme

Wo Einer-vom-Dunkel sich
ausspricht: C.,

jetzt
tilgt die Stunde die tödliche Fabel.

Die Alte [weitab] warf meine Stimme [,] weithin,

grab aus, sprach sie,
grab aus,

      es schneit
      unter der Schal[l]e,
      Schnee, Körper [, Gipfel] des Gipfels,

die Alte ist viermal

Das Geschlecht
wartete
auf Einen-vom-Dunkel
und wollte ihn nennen:
C.,

Einer-vom-Einen erschien,
und C. war[d] sein Name.

Mit einemal war ich das Feuer, das ihr vorauslag,
   Geschlecht schon, Geblüt
   jenseits der Asche,
   hingekniet in den Frost

Ich geh[e] [und] und schreite, mich zu beginnen,

erhellt von unten her,
hindurch durch den Tod,
war ich jemals [Weiße?] ein Weißes?

Ich habe weinen gehört im Nachbargeblüt,
                        ich höre:
grab aus, grab aus,

ich höre den Menschen, wie er
in seiner Einsamkeit sich
Drachengeschichten erzählt

Sie sagt:
Weiß ist nicht die Teilung von
vier Graus durch Null,
sondern ihrer Dezimalen
Teilung durch Null.

Die Stunde verwölkt sich,
ich vibriere durchs Feuer hindurch,

leer die Schale,
wo sie trank mit den andern
ihres Geblüts

Gesagt ist: die Transparenz
kommt von oben –
die Ihre kam salzher,

   sie erschien
im Licht der vier Dezimalen des Namens,

   [des gesehnen, gerufnen] Gesehnen, Gerufen, trotz –

dann
das Blau, das Blau, das Hinunter
in der Spirale des Namens,
durch des Schreis Gegen-
gewicht

Ich habe gerufen, gerufen:
C.,
dies Bald-Blau, Bald-Weiß in der Stunde,

dann

An des Abwesens Ausgang,
wie ein Auflachen, das
die Umarmung verneint:
die [alte Frau,] Alte,

                die zweimal C. ist, einmal ich, einmal.

Mutter

Mutter Mutter und ich

Allein,
eingenichtet in sich,
zu,

war es der Augenblick,
war es der sich
[beim Vorbe] zusah bei seinem Vorüber,

weißes Insekt, in den Tod
getan.

Und der Augenblick ist zwischen Schleuse und Arche [über]
überraschtes Wasser.

Entfernung, Umarmung: von beidem
viel,

    die Schale, nur sie,
und aufs neue:

              [unen] immens [,]
                         der Schnee

oberhalb des
sich zum Mythos hin öffnenden
Dursts.

Am Anfang
war ich viermal,

dann begrub ich mein Glied,
zu leben im
Kristall.

Schneebegünstigt
verschwand sie,
der Leere ein Grund zu sein,

wer seines Namens Fleisch [wird,] ist,
wird Dezimale,
sagt sie.

Sie sagt:
ich habe das Wort gesucht [,], dessen Redekette
[ordnet] die Welt [,] ordnet,
die Kräfte beseelt, alles Schweigen und Wort
und die Weiße besitzt
von Weigerung und [Bestehn,] Beharren,

gehört hab ich sie, wie sie weinte
[in ihrem Geblüt] unter Ihresgleichen

Keiner [,] weiß, [wem sie nachgibt] was sie nachgeben macht,
wenn sie ihm folgt, ihn überholt,

mag das Meer grün sein, gleichviel
da's uns ja nicht mehr weh tut, das Blau,
sagt sie,

(sie ist das Blau, das hinzutrat zum Meer)

Sie ist der Winter,
        der weiße,
        der Gewitterpunkt, schwarz,
        am untern Horizont-
        ende,

[–] (dabei nicht weißgeworden vom Schnee)[geweißt [–])]

im Ewigen ist sie, in dessen Tiefstem, [Herzweiße]
                      des Augenblicks Weiße

Du Abstand: du Wölbung,
welche[s] dunkle
Wissenschaft des Gewarnten
der dies nicht besitzt: der Erstaunten
Wissen-
schaft
in der Bahn einer Linie [,] –

[welcher] Welcher Ort verliert sie
welcher Punkt
findet sie auf, wieder.

Du Linie,
welcher Abstand erkennt seinen Winkel,
welcher Schrei
[reißt] tut den Abgrund auf in der Stimme,

[sie] Sie ruft, sie ruft, sie ruht,

jetzt, da der Schrei
verausgabt hat Stimme, Rede

Weit oben am Himmel kommt sie vorbei,
sie enthüllt mir [de] seine
Ränder, sein Blau, seinen Fleck,

sie ist, was [nicht] [scheint] nicht zu enden [,] scheint,

blau [:] ihr Gesicht,
doch weit dahinter kommt
der Augen Wasser geflossen,

sie spricht, sie lügt, sie [versimpelt] vereinfacht

Keinerlei Fläche Entfernung,
keiner Figur
Bild:
sie geht ein ins Schweigen,
bedeckt des Tods
Vieleck

Sie wacht im So der Linie,
und die Runzel
ist ihres Angesichts Wohnstatt

Macht der ersten
Teilung,

    Erdklumpenmacht,
vermeldend des [Eingeweihten] Initiierten Eintritt
in den Tod,

Formel der Gegenwarten,
Formel, physisch, des Anbeginns,

die Initiale [tut auf] eröffnet:
Buch, Labyrinth,
Hinrichtung von
Geste, Wort, Haltung,
[bloßstellend] die bloßstellt die
verwandelnde Proportion
      des Schattens in seinem Schatten,

      die Rotmatiere, [seines Raums] von dessen Raum,

[Wellen] Messerklingen der durch-
sichtigen Erde,
Höhen, krepuskular,
von subterraner Verneinung
gedoppelt,
       und [das Aug,] vom Auge aufrecht im Staub,

[vorbei] er:
unerschöpflich
in seinem Hinüber
[zu des] am Sichtbaren [Rand,] entlang,

er, weiß von
[von einem Licht] [eines Lichts,] einem Licht
[herdlos, dinglos.] ohne Brennpunkt, [ohne] gegenstands-
los

Da Atem folgt
auf erinnerte Differenzen,
vergeistigt sich der Raum,
           [eine] wird zur Binde
[am] an dessen Horizont,
[zerissen] dem zerissnen
im Innern
der Schlucht tief im Abgrund,

und ich laß meinen Blick auf dem [seinen] ihren,
hinter [seinem] ihrem Gesicht,
nach dieser Welt [,]:

           die Leere,
die Leere,
die abstrakte Leere geht mir voraus [in den] mitten im Tod

Nah, möglich,
etwas, ein Zeichen,
wie ein . . . . ,
ein Speichel, sehr weiß,

[ein] der Anschein, einfach,
　　　trotz der Namensmaterie,
am Ausgang des Schweigens,
　　　der Kälte.

In ihres Endes Betrachtung verloren,
hebt die Verneinung
sich ab von sich selbst,

und, Beginn im Beginn,
sucht das sie träumende Wasser,
das sie in des Unsichtbaren Irrgang einordnende,
die glatte Vollendung des Meers,

über die Böden – die
Aufenthalte [,] –,
von Dunkelwerk überflutet,
gleitet ein Wasserlaken,
das verwandelt das Wissen
in [Grundfetzen] Grundstoff-Fetzen

Am Fuß der Treppe,
wo die Spirale währt, einen Augenblick lang,
wo sie zögert,
wo sie die Stufe betäubt,

ist es der [Au] Nu,
der schreckensweiße,

den die Stunde niemals
zurücknimmt.

Die Stunde beschreibt im Raum einen Kreis,

der Raum im Innern beginnt
weitere breitere Kreise
weitere längere Stunden

Keinerlei Ähnlichkeit
verweist auf sich noch auf Gott,
keinerlei Bild,
keinerlei Schweigen,

der Letzte einzig
belehrt die Sphären,
enthält
allen Anfang

er setzt den Raum
an eines Möbels Stelle,
das alles Licht enthält,
dessen unendliche Schub-
fächer er öffnet,
bewohnt,
schließt,
und er steigt, er steigt
zur [geschlosse verschlosse] verschlossenen Kammer hinauf,
die der Himmel absucht nach seinen Gestirnen,
der Mond
nach seinen Gezeiten

er siehts:
das im Gelände verlorne Gespann,
es setzt den Schnee fort,
die Furchen,
die Sonnennaben, schwarz,

die Dinge, die Wesen, zustrebend einem
Weißpunkt.

er sieht zu,
wie das All einen Satz zum Stehen bringt,
– dieser Satz: des Alls
Algebra, er:
dessen Buchstabenfolge –,
dieser vom Schweigen
ausbuchstabierte, vereinfachte,
denunziert, repetiert
von der Stimme [.],

[wiederhol du] repetiert, da ja
die einfachen Summen
die Fläche ergeben,
die doppelten Summen die
[sie,] [die] Bewegung,

vier: C.'s
Attribut,

einst,
als das Lachen
sie trug: die Umarmung,
als das Blau
Schiefer bestürzte und Meer,

er:
hügelaufwärts, [er:]
er: lawinen-
[la] aufwärts, ins Gipfel-
Ineinander,

mit seiner [Käferstimme] Insektenstimme,
und seinem Weit-draußen-Gesicht,

der Geste unbegrenzt,
dem fester geknoteten
Halstuch,

Kamm: Letztgrad der Geste,
und ich, ich bin [das,]
[das] was da fällt,
bin, was sich hinzu-,
bin, was sich nicht
hinzufügt:
Aufenthaltsort, Wissens-
ort,

genannt
und alsogleich, mir zum Trotz,
erspürt

im Gegenlicht Tod,

Ich erheb mich
aus meiner Ähnlichkeit Tiefe,
am Rätselrand,

abendaus, abendein
verschwand ich, verschwind ich,

sie, die Geblendete,
fällt dem Frostgewebe
anheim,

Manchmal [: die Rückkehr]
(ists Hast?) erleichtert
die Rückkehr den, der zu spät kam,

der [da] [säumt] es aufhält mitten in sich [:],
das Wort [, um] : um der
Figur der Abwesenheit [willen.]
willen [.],

Der Faden, während
er die Lebensfabel [enthüllt] entschleiert

inmitten der
imaginären Textur,

enthüllt der [andre] Andre
den ewigen Weber

Bogen, immens, überm Meer,
wenn der Rücken sich beugt
oder die Geste
[hochhebt] weghebt die Lawine,
wenn
die Schulter nachgibt [.],

Sie las
etwas über den Quantensprung,
sie las,
      nicht wissend,
daß sie vollendet was Lampe und Fenster
beginnen [.],

Inmitten des dreifachen Schimmers,

[schiere] [reine] Lampe, rein, von keinerlei
Buch.

Weitab,
wie Scheinen,

die weiße Stimme,
welche genötigte Linie, versonnen,
anspielend auf
was nicht mehr das Dach ist, der Gang,

      sehr rein,

der Baum löscht das Wasser und
und fängt darin an, von vorn.

Ich ein und ich aus,
ich such, was sich auftut und
sich schließt [.],

Ich sah, es war Wind, verschwimmen
den letzten Schimmer, den letzten
Abend,
wo das Licht sich fortspann, hinaus
über sich,

da wurde der Flügel langsam,
die Winkel weiter,

der Fleck, quer über den Himmel,
[entfaltete] auseinanderfaltete Wasser und Baum,

drüben: kein Blatt,
keins.

[Erträumend] erträumend die
langsame Geometrie
von Fliese und Schiefer:

ein Theorem,
zu entdecken suchend [,] was Nacht ist, was Gang [.],

Sie spricht, sie erneuert ihre
Abgründe alle.

[sie] Sie sagt:
nicht da,
der drei Schimmer einer war sie,
nicht verweilend trotz aller Kälte,
weitab [vom] von Fenster und Lampe,

[Sie] sie sagt,
was die Abwesenheit nicht mehr
enthält: darin haust sie,
der Schimmer,
[den er vor ihr [umfaßte] umschlang]
den von ihm
vor ihr umschlungnen, von ihm her
kam ihr, einen Augenblick lang,
der Schmerz, nie gekannt,
der sie beide lossprechen wollte von aller Schuld:
beide, Lampe und Fenster